KB098231

모자의 그늘

국립중앙도서관 출판예정도서목록(CIP)

모자의 그늘 : 김명이 시집 / 지은이: 김명이. -- 대전 : 지
혜 : 애지, 2016
    p. ;   cm. -- (지혜사랑 ; 156)

대전문화재단, 한국문화예술위원회에서 사업비 일부를 지원
받았음
ISBN 979-11-5728-206-7 03810 : ₩9000

한국 현대시 [韓國現代詩]

811.7-KDC6
895.715-DDC23   CIP2016023112

지혜사랑 156

모자의 그늘

김명이

지혜

시인의 말

생은 예상처럼
다가설 수 없어
묘연하도록 두꺼운 것
해가 저물고
또 그렇게 검은 빛에 닿아
심장을 꺼낸 무수한 밤들
서늘했고 지쳐서 부드러웠다
아직도 눈앞을 떠도는
성근 피상의 언어들
하늘을 놓친 별똥별까지
또렷이 호명하고자
폭염을 물고 버티었다
나의 하루하루는
목마른 언어와의 쟁투의 장
지금부터 좌절과 행복은
동의어라 명명하겠다

2016년 초가을
김명이

차례

시인의 말 ———————————— 5

1부

사과 이야기 ———————————— 12
대화한 적 있었을까 ———————— 14
어떤 식탁 ———————————— 16
우화 ———————————————— 17
실험인간 ———————————— 18
칠월의 석양, 그리고 유리의 새들 —— 20
잠들기 전에 눈은 내리고 ————— 22
낙원 잃어버린 —————————— 24
원형탈모 ———————————— 25
변두리의 백야 —————————— 26
얼음왕국 ———————————— 27
원시의 정수 ——————————— 28
가냘픈 신념 ——————————— 29
연애도 없는 ——————————— 30
벌레들의 그림자 ————————— 32
배려의 문 ———————————— 34
붉은 저녁 ———————————— 36
멸치식물 ———————————— 37
모자의 그늘 ——————————— 38
푸념 ———————————————— 40

2부

지금은 두 개의 요일 —————————————— 42

지금은 두 개의 요일 —빨간 슬픔 ——————— 44

지붕의 재해석 —————————————————— 45

눈이 먼 베개 —————————————————— 46

만년고참, 직업을 대하는 방식 ————————— 48

초보 외판원 —————————————————— 50

중년 워킹 맘 —————————————————— 51

종일 현관문에 소리가 들리고 ————————— 52

분리수거장 ——————————————————— 53

행복 가득한 e 편한 궁전 아파트 ——————— 54

대代 ——————————————————————— 56

바닥의 기류 —————————————————— 58

불편한 진실 —————————————————— 59

언감생심 ——————————————————— 60

두 개의 요일 —새들의 비상구 ———————— 61

외곽의 힘 ——————————————————— 62

3부

담벼락 ——————————— 64
그녀들의 동굴 ——————— 66
엄마의 성 ————————— 68
다듬이 소리 ———————— 70
외로운 숨바꼭질 —————— 72
겨울 문 ————————————— 74
시간의 자세 ———————— 75
후광 ——————————————— 76
월화수목금 ————————— 77
여름 함백산 ———————— 78
연인 ——————————————— 80
사탕, 그리고 빈 봉지 ———— 81
비밀의 방 ————————— 82
타인들 ——————————— 84
천국의 그늘 ———————— 86
겨울 소네트 ———————— 88
흰벽 ——————————————— 89
화석 ——————————————— 90

4부

망초의 내력 —————————— 92

참 가벼운 —————————— 94

구멍의 섬 —————————— 95

허수의 아버지 —————————— 96

늦가을 —아버지처럼 —————————— 98

최고의 돌을 깨기로 한다 —————————— 99

푸른 쪽창 —————————— 100

중독 —————————— 101

오래된 경험 —————————— 102

꿈의 연구소

　— 내게 적절한 시간이란 걸 알게 되면 나는 시냇물을 건널 거예요 104

간판 —————————— 106

인도 —————————— 107

가면놀이 —————————— 108

적과의 동침 —————————— 110

느티나무 그림자 —————————— 112

또 다른 삼경三經 —————————— 114

해설 • 페르세포네의 편지 • 안서현 —————————— 116

1부

사과 이야기

면접관은 윤기 없는 얼굴로 지나가고
바구니에 담겨지기도 전에
아이는 떨어졌다
생이 다 익어버렸다고 방을 허물고 있다

달콤한 사과를 기억했어
태양의 몸살과 구름의 살점과 바람의 가시가 훑고 간 후에
매만져 주는 엄마의 손이 지문들을 지워갈 때 붉어졌지

힘주어 매달려 있으면
공중의 냄새를 맡던 콩새와
산란을 앞둔 벌레가 먼저 과즙을 빨아 맛집 내고
수상한 발자국의 이빨에 덥석 물리기도 했어

아이야 달콤한 사과 열리는 것을
내 무릎에 들어와 묻곤 흡족해 했지
사과나무 지나갈 때 애기지구가 잘 돈다고 했던가

생리혈 묻어나온 속옷 축하 파티를 했는데
그후로 드문드문해진 우리
다음을 들려주지 못한 채 풋사과 익어가고
나무에서 떨어지는 법을 몰라 헤맸어

\>

거침없이 쏟아지는 네 방
저녁엔 오래전처럼 오래전과 다르게
고랭지 사과와 침 뽑힌 벌의 소식마저 전해줘야 할까

이제 사과밭을 떠나간 사과가
왕관 딱지를 붙이고 백화점에서 혹은
골목가게 인심을 쓴 만큼으로 놓이는지도
진짜를 말해줄 수 있을 때가 된 것 같아

그러니까 오늘 네 방을 실컷 무너뜨리고 슬프렴
참 오전에 동사무소에 다녀왔는데
아직 엄마의 지문이 싱싱해

대화한 적 있었을까

입학
서랍 속 주민등록증 꺼내 MT 가던 날
모든 술병이 쓰러지고
탁자에 흩어진 몇 방울의 타액
그 누가 아슬히 닦아주었던가

낮은 콧등 당겨보았지만
벌써 생의 규격은 정해졌어요

졸업
책장은 죽은 나무의 쓸모일 뿐
얇은 숨조차 달리지 않았어요
언제나 불안한 새들
빛은 총구 속에 있고, 보세요
뚝 떨어뜨릴 때뿐
천 번 접은 종이학은 유리병을 못 떠나죠
새는 갈고리와 물음표의 형상
도약할 때 미련 버리는 점이예요

휴지통에서 묘연한 말들이 엎질러졌어요

>
변명

붉디붉은 열매 한 알 남기기 위해
막바지 푸른 열매가 수두룩 떨어지고
통째로 부러진 가지의 소리를 듣기도 했어요
그런 후 나무 이름으로 불리며
스스로 푸르러 우거지고 싶었어요

나는 열매 없는 나무의 아류였어요

어떤 식탁

단 한 번도 너는 아프리카인 적 없다 지금 아프리카는 슬프지 않니?

인간의 어깨에 박힌 별은 아름답지 않았다 그토록 불안한 믿음을 택하겠다고 페스탈로치를 구겨 넣으며 너의 뿔로 들이받았다 타들어간 흰자위, 말라가는 베지테리언의 작은방 불빛은 별이 뜨기 전에 꺼져갔다

정신이 번쩍 깨었지만 출구 없는 악몽을 끌고 공전했다 지혜로운 말이 흥건했으나 막상 바람비처럼 적절하지 못했다 시든 잎을 일으키기에 넘쳐나는 죽은 잎, 빈혈처럼 너와 난 자꾸만 넘어졌다

오늘 저녁 식단엔 갖은 거짓을 버무렸다 토장에 표고버섯 잘게 띄워 고기육수를 위장했다 언젠가 너의 상실한 낯빛 부딪칠지라도 그렇게 할 수밖에 없었다

단단한 다리를 가져야만 디딜 수 있는 아프리카를 향해

우화

　어릴 적 '토끼와 거북'의 경주 장면 애니메이션 영작비디오
를 처음 만났습니다 토끼가 돌베개 베고 거북을 기다려주다가
곤히 잠들었습니다 땀을 뻘뻘 흘리며 다가온 거북이 'wake up'
토끼 향해 어눌하게 한 번 말을 합니다 그리고 거북은 혼자 통
나무 지점을 향해 느릿느릿 나아갑니다 바닥 기는 것이 생존력
이라는 듯 그후로 토끼는 제 꾀에 넘어간 동물이 되었습니다
'hurry up, hurry up' 영차! 영차! 웃음거리가 되었습니다

　토끼가 용궁에서 거북 속여 귀환 후
　간 쓸어내리며 거북에게 미안해 한 것을
　무모한 경주
　도리어 애잔한 사랑처럼
　치명적인 낙인마저 감수한 것을

　그후에
　내 아이 깨울 때 애인을 깨울 때
　큰 소리로 끝끝내 외칩니다
　일. 어. 나. 일 어 낫!
　얇은 입술 깨물고 마냥 붉은 날인 채로

실험인간

엄마는 시장에 품앗이 가고
식은 방에 백일 못 채운 아기 혼자
돌아와 방문 열 때
뒷머리에 피딱지 엉기고 독이 피었다죠
성장의 조건에서 고려해야할 전적

유별난 편두통은 쥐의 송곳니가 묻혀있기 때문이어요
형상에 박혀서 갉고 있는데
쥐이 되어도
더듬거리는 흡혈의 증거
아직 덫에 잘 걸리고
얍삽하게
재빠르지 못하는 것도
DNA가 혼종의 실험상태 통과하지 못했기 때문이어요
자라는 동안
손톱을 살갗에 붙이지 않아
품행방정하단 기록
그 말은 왜 그리 어렵던가요

도심에 중성고양이가 많아져
지레 겁먹는 일은 줄었지만
진짜 예고 없는 출현에

꽁무니 빠지게 줄행랑칠 땐
동물병원 문 앞에 쥐똥 무더기 누어줄까 싶다가도
내 몸은 실험체
견뎌야 할 진행 중
뒷거울 속에 낙인이 뚜렷하게 푸르고요

칠월의 석양, 그리고 유리의 새들

대학 졸업한 알바생이 25시 마트에서 종이꽃에 물을 주네

체온 넘는 온도를 파도 한 입에 물려주네

콘센트 구멍 막혀 있고 오디오는 켠 적 있나

매미는 결절 음으로 전신주에 멜론 흘리네

선풍기 켜네 목 따라 선형으로 일어난 바닥 먼지들

문득 날개의 원형이라면

빗자루 들고 구석에 걸려 맞서보네

120도 멀어져 간 회전 끝 유리난간에서

두근두근 구름이라도 만져봤으면

무게를 가진 것은 스스로 떨어지네

정지 누를 때 심장은 직립의 슬픔을 끊고 있네

＞

1+1 샴푸로 감은 머리카락 손바닥에 올린 채

각을 세우고 돌리면 위태로워

나와 너, 우리로 섞일수록 흘리고 물을 마시며 목이 타네

이 뜨거운 저녁 일곱 시

산란한 시간들은 강으로 깃들어가고

화염 먹은 검은 비닐과 붉은 꽃잎이 어디로 가는 걸까

잠들기 전에 눈은 내리고

추운 밤의 빛은 어딘가에 비밀을 덮고 오는 것 같다
설탕놀이를 하고 싶다
어떤 사이야 톡!
그는 맥락이 중요하고
나는 결과에 비중 두었으므로 빗나갔다
고소하고 말랑한 시간은
프라이팬과 찜통 속에만 있어야 해
'자유와 자율' 차이가 떠올라 되물었다
"해방 느낌과 규제의 정도랄까"
몇 분이 지루해진 동안 고작 사전적 정의라니
소통에는 맥락이 중요하다고 재차 강조했다
그러니 맥 라이언이 잠 못 이루는 거였다
다초점 안경을 들어올리면 근시보다 가깝잖아
"바람둥이라도 끌리는 대로 문어발 연애하면 자유이고
  정리 후 또 시작하고 질서를 정해서 자주하는 바람이면 자
율"
기습적인 사카린 맛
그대의 종류는?
자주⟨⟨ 미꾸라지
          그러면 나는 자애…그럴까 자위
자위 가끔 해?⟩⟩ *자주*
ㅋ…뭐로 하니?

>
　　　ㅋㅋ…또 정석이군
응. 자지 그만
　　　이쯤 가면 오리무중이다
그게 자유야
　　　ㅎㅎ…자율적 이해

평화로운 제휴, 잠
자정의 창문이 덜컹거린다
채우다 빠진 삼십 분짜리 충전기처럼
무난한 인간적 관계
어둠이 꺼내놓은 흰 심장, 펄펄 끓고 있다

낙원 잃어버린

이름을 모를수록 펑펑 터졌다

온실에 들어가 불투명 막으로 가린 환상
물을 얻으며 약간은 견디지만
갈비뼈에 숨이 걸렸다

초원에서
바람의 갈기는 연원을 묻지 않고
공중의 방향은 부르고 싶은 대로 불렀다

저 밖의 낙원에서 가늘게 살아가는 숨결

눈동자가 달라지면 위험한 것이 아니야
먼지의 아름다움이 읽혀지는 곳
혹은 잠시 뉘우침으로 의례를 거쳐갔다

화분에 갇히고 흙이 죽는 순서가 시작됐다
어둠이 빠져나간 유리에 흐르는 유서
시한부 연명을 기술할 뿐이었다

꽃이여 이름을 묻지 말았어야 했다

원형탈모

이 바닥은 더욱 그런 곳이군요

그가 내게 말을 걸면
"응"이란 답신을 했어요
'응'이란 문자를 대하듯
그리하면 되는 줄 알았는데

'ㅇ과 ㅇ 사이'
— 란 면도날을
서늘하게 가로지른다는 걸
참말 뒤늦게 알았어요

언어의 정수
홀딱 벗겨진 정수리 같다는 것도
근자에서야 알았어요

그렇군요
어떤 대답도 소용없는
이 바닥은 그런 곳이었군요

변두리의 백야

극지방이 아니어도 뜬눈 되기 일쑤예요
새벽까지
알바청년이 스쿠터에 치킨을 부아앙 배달하고
새벽같이
싱글침대 크기로 개조하는 원룸
공사장의 요새작업이 한창인 걸요
잠들지 못하게 하는 저 파장을
그럼 어쩌겠어요
고막이 막혀서 수면에 들었다든지
키 큰 아이의 발가락이 꼼지락거릴 수 있도록
방을 한 뼘 늘려주시라 하는 것 밖에요
목이 없는 그림자를 피해가는 골목 끝
바람 빠진 스쿠터가 털 터 얼
옥탑방으로 완성한 옥상 통로에
다문 입이 어기적어기적 빠져나갈 때쯤
벗겨진 신발을 조명하는 백야
처음엔 아옹다옹 시작해서
외투 속 비명을 꺼낸 기사가 날아들 텐데
경악을 감싸 쥔지는 오래전
자외선 차단지수를 높인 커텐과
경량 모형 소모품만 한 철 쏟아낼 거예요
우리는 점점 두꺼워져서
백주의 날강도인 듯
거리에 버젓이 복면을 쓰고 활보해요

얼음왕국

철학적이고 경문의 종이여야 하나
보통 노래로 춤추며 살다 가면 안 되나
땅에 고개 떨어뜨리며 걷고 싶다
십 분만 양쪽을 살피지 않고 싶다

시동 켜자 눈발이 들어온다
주유소 찾아 기름을 가득 채우고
법원 사거리 진입할 때쯤
더는 갈 수 없으니 흰 몸을 새겨요
얼음왕국엔 길이 없어요
모두 길이예요
음악프로 진행자는 눈 편지를 읽다말고
아이스크림 떠먹었겠지
이런 날 아무렴 어때
숟가락 떨어지는 소리가 들린다

잠시 오다가 만 눈
로또 반만 맞추고
그이의 심벌 팬티 피노키오 코처럼 높아져
요술지팡이가 될 수 없다고 힝힝
일만 개 꼬리풍선이 하늘로 헤엄치던
어젯밤 꿈의 조각일까
한 곡도 돌아가지 않았는데
막 포장해 놓은 검은 길이 드러난다

원시의 정수

치어는 물만 먹고 살까 중얼거릴 때
너는 미생물의 원리, 먹이사슬 구조를 추가해
돌아와 들이킨 물에 심장이 허우적댄다

글을 지워 버렸으면
원시의 벽화만 남기고 우리는 어디론가 떠나고
바나나 나무 위에 오르고

원숭이 똥구멍은 빨개
빨간 사과 맛있어
긴 바나나에서 그치면 좋을 텐데

속속 기차에 매달린 기형
공중을 따라가다 절규가 될지 몰라
꼭대기, 누군가의 미소를 본 적 있니

두 가닥의 목소리와 그마저 잠겨 있는
네 지난밤의 지독한 모래 투성이
무심결에 튄 침이 의외의 감동이라면

우리는 벌컥벌컥 정수를 마신다
그네들이 주입한 미생물을 씹는다

가냘픈 신념

신의 사랑에 초대 받았다
통곡은 남겨진 자의 송가일까
그의 젊은 아내는 조문을 담담히 맞이하며
엷은 웃음을 띠기도 했다
황혼이혼 당하지 않을 잡담으로
빈정거리는 우리에게
종교적 신념이란 그런 것이듯
식탁 끝 각진 곳에 끼어 앉은 남자는
지상에 더 남게 하여
남은 자의 고통을 줄이는 것이 신의 증명이라고
계단 모서리에서 고꾸라지고 상처난 손을 털었든가
신의 사랑을 독차지하여
수장된 삼백 송이 꽃이냐며
자신의 광대뼈를 탓한 여자 물잔에서
날카로운 파문이 쏟아지기도 했다
각서를 쓴 몸은 가위와 칼을 쥔 자의 것이니
망자의 후한 표정이 애석할 뿐
홍어무침에 매운 고추를 연쇄적으로 씹고
흘린 눈물
상주는 당신의 손을 덥석 잡았다

영정 속의 그가 끝없이 말을 건넨다
그러자 당신은 나를 재우지 않고
밤새 사랑하자며 속삭였다

연애도 없는

모두가 흩어진 월요일 아침
습관적으로 라디오를 켠다
채널 AM과 FM을
아마추어 마이너와 프로 메이저라고 읽는다

지상파 텔레비전을 켠다
엄마 팔 길이만큼 멎은
검은 아이 눈이 지워가는 허공의 경계
"어쩌면 오늘 나는 누구인지
손끝에 닿는 앙상한 와디의 몸"
배우의 짙은 눈주름에 구호번호 덧씌워진다

통점이 남았다니 유선으로 돌린다
목각 같은 연인들이 품에서 깨어
10:09 워치의 지구 터치하며 시작된 비밀들
손톱 끝 노란 이모티콘 미소가 전송된다
애플, 이브의 희생에서 난장이 근심에 이르도록
달콤한 독을 숨긴 게임
스르르 소리가 사라져가는 곳을 가리킨다

아무도 돌아오지 못하는 월요일 저녁
고층의 계량 불빛에

어둠마저 조각으로 받는다
제로섬엔 섬이 없다지만
블랙커피 기울이며 얼룩말의 흰 줄을 찾는다

벌레들의 그림자

비가 내리면 사라지는 벌레울음
처마에 찾아들지 못하여
수챗구멍 속으로 빨려갔을까
벌레를 분간하며 울음을 흉내 내곤 했어
날개가 있으면 새라고 우기던
아주 작아 가엾은 새
하나같이 손톱으로 튕기거나
손바닥으로 후려치곤 하잖아

벌레가 독을 품게 되었다고 말했을 때
너의 독이 내게 퍼졌으므로
몇 해 키운 선인장
썩은 몸을 뒤져보기도 했어
어디로 사라진 걸까
창을 흔들고 벽을 퍽퍽 치면
발이 여럿 달린
그림자가* 기어올라 올 거야

너는 벽안의 나라 탈출하며 남겼어
울음을 내는 벌레는
목젖이 붓도록 자신을 주었다는 것
저 빗줄기

벌레들의 시체가 모여
아릿하게 들려주는 엔딩 장면이라고
그치지 않고 새벽까지 비가 내리고 있어

* 그리마의 다른 이름.

배려의 문

당신 입술은 기울어져 있다
왼쪽 오른쪽 위쪽 아래쪽 애매하게
그래서 나의 몸이 비틀어졌다 하는 것은

당신 입술은 언제나 일자
혼자 틀어지는 놀이를 했어 어디?

핵 돌아간 닭모가지
목줄이 당겨질 때 발톱을 땅바닥에 맹렬하게 꽂던 개
육십 근짜리 돼지가 묶인 발로 뒤집힌듯
겨울에 계집애가 외투 벗긴 채 문밖에 서있던 날 떠올라

숨어야했던 목을 꺼내서 확인해야 했으니까

무심결 닿기만 했는데 드러눕는 페트병
뚜껑을 열고 거꾸로 세운다
한 방울도 남아있지 않군

찌그러뜨리자 제 영역 팽팽한 압력
신음으로 목까지 달라붙고 멈춘다
문득 일어설 수 없는 공포 같은
당신은 허리를 돌리고

나는 턱을 고정한다

빈 병에 뚜껑을 왜 달아 놓았을까

붉은 저녁

붉은 소나무 그늘 저편 들녘

생살 냄새 흘러내리는 저녁이 있다

멸치식물

식물도감에도 없는 낯익은 식물
물 한 모금 물고 있다
건강이 최고라는 앵커의 새해 인사

왕자 복근에 철골조보다 단단한 십일자 근육
그도 순간 사고로 붉은 줄 가로막는다
먼 입구 향해 흔들고 있는 의자
늦은 밤 그대 목소리 전화기에 들썩인다

문득, 해저로 떨어진 어느 세계
태평양을 끌고 왔을지도 모를
완도산 택배박스의 멸치 내장을 꺼낸다

바닥에 기고 등 구부러져 살아가도
얄팍한 뼈로나마 말짱한 우리
양푼 수북하게 발라낸다

스러진 달빛 목덜미에 감고
명왕성 얼음바다 나르고 있을 그대
아무 것도 아니다
지금 그대로 그대가 최고다

모자의 그늘

안네 프랑크를 읽고 눈물 흘리지 않자, 넌 독해
내 의지 상관없이 피가 떨어지는 곳
비극의 시절 만난 운명이라고 생각했어요

다섯 살 제제의 뒤를 따르며
내게도 자라는 슬픔
작아질 수 없다는 것을
이해는 누군가 마치 인심을 쓸 때만 가능하여
홀로 쓰다듬기로 했어요

한스가 물 위에 떠서
하늘의 꿈을 품었는지 의문이었지만
그날 벗어놓은 내 신발 떠내려간 것이
손뼉치고 좋아할 일인 것을
아버지의 목청이 커지고서 알았어요

통과의례의 피를 본 듯
테스가 쓴 챙이 모자 쓰지 않겠다고 했지만
누가 만들었는지 모를 거대한 힘 굴복하며
모자를 몇 개씩 고르고
질적으로 다른 안네 프랑크와 마주쳤어요

그런 거예요 그런 거예요
태생적 한계에 맞선다는 것
저기 단상의 빛나는 이름의 그늘들이
해 지기도 전에 늘어만 가는
캄캄한 골목의 아이와
여인이란 순결의 악재를 즐기고 있어요

푸념

적막한 자정의 지하도에는
색다른 조명에 잡힌 얼굴이 지나간다
이 세계가 보여주는 방식
멀찌감치 떨어져서
어떤 식별도 관망하며 손을 뻗지 않았다
턱을 괴었던 지하의 방
표시 없는 캄캄한 계단에
하향식 화살표가 쏟아진다
그 끝, 유독 밝히는 십자
병원 꼭대기 초록 빛
교회 탑의 붉은 빛
죽음을 미화한 불빛은 안구처럼 빛난다
수작으로 빛나기 위해
투명한 음모만 더욱 무성해질 뿐이다
여자의 비명이 끌려간 골목
젊은 남자는
관의 어둠에 잠길 때 훈훈해진다
누구에게나 공평한가
돌이켜보건대
그대와 내가 허허벌판 같은 지하도에서
피로한 궤적을 그리며
사소하지 않는 죄를 키웠다

2부

지금은 두 개의 요일

콧등에 집게를 꽂는 것처럼
화분에서 나온 굼벵이를 집고
난데없이 나타난 바퀴벌레도 눈감고 덮친다
그이가 손가락으로 슥 하면 나가떨어지던 것
눈을 뜨며 꿈쩍없이

전구를 갈아 끼우고
날렵한 망치질을 할 때마다
척척 붙은 수리공 딱지
그이가 빨간 요일에 돌아오면
아이는 무사히 대학을 마칠 수 있을 테니까

바깥 수상한 낌새에 보초 서며 졸린 간밤
낡은 잠금장치 분해하여
풀린 나사못 순서대로 놓고 조인다
그이가 놀란 눈을 감고 뒤에서 안아줄 거야
드라이버 돌리며 말문을 닫는 건

타관의 계절
내게만 속속 전해주는 음성배달부
갯바위에 앉아 저녁 파도를 낚는 중이라고
그이가 까만 요일에 옆구리를 맞추면

위험한 가계에 금이 갈 테니까

손잡이 다시 돌리며 승강구에 귀띔하는
두 개의 요일

지금은 두 개의 요일
― 빨간 슬픔

회귀하는 빨강 저녁부터
떠나가는 검정 새벽까지
타원의 우리는 가급적 당신의 사각

빨강이 경축과 긴 조문을 위해 하루 더 줄 세우면
쌉쌀한 중국산 맛 혀에 굴리는 농도, 삼킬 만하지
연달아 빨강 빨강 더워진다는 거야
길다로 빨려 가면 지루하다와 지겹다의 다름 아닌

소파에 엉겨 붙는 당신이란 해면체가 생겨나고
나는 옆구리에 돌기처럼 비집거나 꼰 채
눌리지 않는 리모컨 버튼의 채널을 잊는다
침대에선 메트로놈 무색한 소음이 들릴 테고
식탁 메뉴도 당신 칼로리가 궁극적이겠지

살갗을 숭숭 때워가는 흑점
심박 붉어져 광대뼈를 누른다
속박 거부하는 별자리를 묶어버렸어
어쩌면 뉴스 속으로 달아나버린 계주도 후련했겠구나

달력이 벽에서 파지로 갈 때
식탁의자와 어깨관절 흔들리는 순서를 묻지 말자
우리의 얼굴은 얇고 아름다워질 거야

지붕의 재해석

당신, 기나긴 출장지 모텔에서
삐딱하게 꼬나문 담배 연기
나, 하늘을 찾으려
고시원 먹구름으로 거푸집을 짓는다
저, 쪽방 유리에 대고
시급 벗어나 월급을 쏘는 곳이야
제 분수만큼 뿜어 올리면서
푸르다와 파랗다의 얼음 속
엑스포 광장과 밍크고래도 지운다
기차에 놓고 내린 여행 가방처럼
종착역에 닿을 때까지
공중은 모호하고 흔들거리느라
끝까지 보여주지 않을 거다
엽전을 쥐고 온 별
불가사리가 불가사의로 읽혀지고
어딘가 지나 제가끔 담아온 거처
가방 속에서 구겨진 지도가 펼쳐지며
이슬처럼 쉬어가는 보금자리

그들 잠드는 소리 뒤척이다보면
그나마 감은 눈이 푸르다

눈이 먼 베개

매일 베개를 검색했다
눈베개 다리발가락베개 목베개…
천연라텍스고밀도바이오워싱면커버베개
더는 찾다가 포기한 의사는
폐지 같은 표정으로
'자주 먼 산을 바라보라' 갈지자 처방을 했다

스스로 짚은 방향은
뒷목을 붙잡혀
천장만 보고 누워야 했다
오른쪽 너가 놀이공원이라면
왼쪽의 나는 동네공원
엎어지면 굴욕을 먼저 파는 것이었을까

높아갈수록 휘어지는 각
해풍으로 말려온 메밀 속은
밤마다 흰 꽃을 피워 뒤척이게 했다
꿈결이듯 초록 묘약의 기능도 추가하여
아늑하고 딱딱해진 목

그러나 뺨이 먼 벽엔 비밀이 많아
주인의 사물이 될 때야 안녕하며

일자이거나 자라가 되어갔다

오스트랄로피테쿠스 시대의 돌베개였다

만년고참, 직업을 대하는 방식

쿠키와 8시 50분까지 뒹굴고 싶어
여름은 밤이 있는 거니 잔 적이 없는 것 같아
어둠의 쿠션을 코앞에서 밀어낸 빛살
대낮 그 불안한 냄새의 진동이 느껴진다

어젯밤 회식자리 벌건 내가
이른 아침부터 전송된 손바닥 안
새 구두 한쪽 징이 빠져 삐딱거렸으므로
점포정리 매장의 염가 비밀을 투덜댄다

일반커피와 고급커피를 묻고 돌려야겠어
자판기가 삼켜버린 동전이 다시 생각날 거야
층층 차렷의 빨간 눈들
출구를 닫기 위해 포켓에 손을 넣는다

울음이 웃음으로 품어지던 밤
웃음이 울음으로 대답하던 밤

구두 밑창을 확인하고
시퍼런 추궁은 멈추거나
말의 발목 꺾인 곳에 붕대를 놓아 줄 뿐이어서
수시로 바꿔 낀 징은 버겁다

>

그들 목록은 상관하지 말자
족적을 지우려다 구멍 난 적이 있어
그리 구부리는 것은 관절의 유연성 테스트
나는 아직 척추가 반듯하다

초보 외판원

넘어져야 의자가 무사했다

건물 비상계단으로
감쪽같이 스며들어
성급한 콧바람
헛디딘 구두짝 날아가고
스틱 놓친 불법 채취자처럼

렌즈 같은 공기들
알파벳 모호한 깔창 속 옮길까봐
후다닥 신었다

무릎 반 뼘에
푸른 싹이 돋아나고
제각각 검붉은 꽃
내게도 꽃밭이 생겨났다
'지탄'이 꽃이름이랴만
바닥에 앉아 빙 둘러보았다

초보 딱지 참 깊고 위태로웠다

중년 워킹 맘

다단계를 거슬러 오르는 빌딩 회랑엔
몽당 크레파스 같은 하루의 빛깔이 어려 있다
왕인 고객 그의 은근한 말
목의 칼을 씌우는 건 고전적 방식이라는데
회식자리에서 비켜 앉으며
니트가 멋진 그의 직각어깨 외면할수록
개양귀비 피워내듯 마음아
돌아와 당신 사진 앞에 딸꾹질을 하고
거울 속의 너 맑아 보일 때까지 물티슈로 닦아낸다
방마다 아이 발밑에 깔린 신음을 꺼내놓고
베란다에 나가 마지막으로 걷는 빨래
밤의 불빛마저 버티컬로 지우기 위해
또 다른 목의 줄을 당긴다
어둠 속에서도 내가 보일까?
굳게 물린 이불장을 열어젖힐 때
걸쇠 틀어져 입 벌린 옷장 문에 줄 선 넥타이
골라잡아 그에게 잡히지 않으려 목을 뺀 것 알겠다
이 방에서부터 힘껏 잡아당기곤 했으니
이젠 걸대에 주름진 스카프로 늘어뜨린 내 목 감을 차례
취업시험에 실패한 큰애가 달팽이 등 비집고 들어와
안방 전등스위치를 내릴 때
겁이 나서 이불 뒤집어쓰며
아 나는 이불속에서
도 메인 목을 아프도록 잠갔다

51

종일 현관문에 소리가 들리고

시간을 자르며 회색하늘 어깨에 다가온다
귤껍질 잘게 뜯으며 손톱 속으로 들어간다
한 눈금 빠져나가지 못한 핸드폰 초록 광장
주소록의 그들 447
친절하게 파산을 거들어주던
싼 이자 대출은행은 문 닫은 걸까
때도 없이 발기한 혀로 어지럼 태워준다더니
비아그라 상인은 먼저 떨어져 나간 걸까
고층 쌓은 어제 검색
노란 손톱으로 밀어낸다
무릎 접어 카페트 올을 뒤진다
짧은 염색 머리카락을 발견한다
나 모르게 다녀간 누구를 추적한다
늦어지는 생리, 포식을 변기에 쏟던 너를 의심한다
순대 같은 골목이 저만치 사라지고
시계바늘 수직에 놓였다
꼬마무게도 웅덩이 파는 붉은 가죽 쇼파
노란 손톱으로 구겨진 곳 긁어낸다
뜯겨지는 검은 내피 속
쓸모없어지는 것을 마무리라 하는가
창문에 내린 어둑한 휘장을 젖힐 때
흔들리는 것 보이지 않는데
이빨처럼 물어오는 소름

분리수거장

검정 올림머리의 화사한 여인네가 고용되었다 희고 두꺼운 화장 아래 몸놀림은 가지런하고 긴 목에 걸려 바르르 떠는 공후의 소리가 스쳐간듯 싶었다 그녀의 출현 후 새벽에 수거물을 나르던 노후한 사내들이 뜸해지고 부스스한 아낙들이 북적거렸다 수거물이 탈탈 털어도 나오지 않던 주간에는 옆구리가 헐렁한 쓰레기봉투를 버리기도 했다

분리기계이듯 이 바닥 유일하게 장수한 땅꼬마 아줌마의 표정에도 급속도로 짙은 구름무늬가 새겨졌다 그녀 덕분에 빗방울이 굴러가는 날 뒤집어 쓴 비닐옷의 기럭지가 비애 끝에 걸렸다

아낙들의 입술에 생긴 거품이 차츰 풍선으로 변해갔다 땅꼬마 아줌마 입술에도 빨간 립스틱이 선을 넘어서곤 했다 때마침 이른 한파에 품어 온 보온병의 커피가 건재한 텃세를 훅 날렸다 폐비닐이 화사한 여인네의 발목에 달라붙었다 빠져나가지 못한 풍선들이 메타세콰이어에 걸려 터지자 가누지 못한 채, 겨울 목련처럼 민 가슴만 남겨놓았다

다시 새벽에 수거물을 나르며 노후한 사내들이 분주해졌다 청소부가 쏟아놓은 바닥물이 튕기자 경비는 결코 서지 않는 바지주름을 당겼다

행복 가득한 e 편한 궁전 아파트

자기만의 궁전을 짓던 계절의 길목에서
푸루 푸루루 삶은 흰 구름으로 풀어 날리던 날

이층 옥상 집 두 칸 방에서 눈치나 꾸리다가
몽땅 대출 받아 이사 온 서른 평 아파트
면적과 위층을 실감한 내 것이었어
그림자 늘어뜨리며 모두 찾아간 제 방에서
우리 눈빛이 모처럼 유들유들했지
불과 얼마큼 지나
벽마다 붙여놓은 고지서의 독촉
깨지거나 낙하하기 쉬운 유리외벽이란 것도

맥박은 짚지 않아도 주의가 필요해
앞집엔 반딧불만 켜지고
위 아래층 수시로 바뀌는 마네킹 같은 사람들
팔보다 머리가 먼저 떨어졌나봐
조금 전 119 긴급출동차가 황망히 뜨자
비상주차 자리에 세워놓은 삐까차 주인
아직도 경비원과 멱살을 재고 있어

당신, 나 보고 싶어 몰래왔을 때
이삿짐 내리는 고층 사다리차

층 수 잘못 읽고 가슴 쓸어내렸다 했나
내게도 쿵 들린다
여덟시만 되면 낭랑하고 빈틈없는 안내방송
층간소음 물소리 아이 발자국…밤새 낑낑거리느라
커피 물도 끓이고 발작도 했어

보일러실에서 애연에 빠진 당신 고발당할지 몰라서
이제 그만 돌아갈까 출렁 출렁 자궁 속으로

대代

1

자동차 위로 튕겨진 아이
아비가 아이를 데려오지 못한다
언어는 옹알이며 다리는 펀펀한 등이 되었다
아비는 아이가 되려고 생식기를 거세했다
파마를 말은 노인의 듬성한 물살이 일자
대기석 사람들은 커피를 내려놓고 축축해졌다

2

고원의 꽃과 나무들 속에만
풋풋 와글거린다네
굴삭기가 지상의 나무둥치 포획하고
꽃들의 몸뚱이에 회백색 관 씌우는 것을
봄눈은 트나
말뚝처럼 보초 선 기린의 뿔 위에 자라고
정원사 칼날 아래 마네킹처럼 분리되네
계보가 끊기거나 낮이 선 씨앗들

3

오오 거리는 아름다워
신기한 유혹을 토해놓아요
십 센티 긴 다리와 페도라 모자

신생아는 유전자 감식을 하고
자칫 유아방은 다락방이 될 거예요
걱정마시라
줄을 맨 푸들에게 군중석을 줄 거라나요

4
흙빛 손등으로
골목의 빈 화분 다독이는 할머니를 보았습니다
아이 어르듯 혼잣말을 하고 갑니다
데려오지 못한 아이가
다시 오지 못한다는 소문입니다
종부인 할머니가 때 아닌 옷을 입고 있습니다

바닥의 기류

어김없이 상환 날짜 물고 온 신용카드 대금
땀 떠놓은 봉투 이음새 풀 때
당신의 은어처럼 특진해야 할 부은 간이지 않고선
사용 내역 아리아, 검색 검색

찌글거린 생의 전편 호화 가면극을 보고 싶었니
오페라 티켓을 몇 장 구입하려고
출장 때 중세 탑이 선 호텔에 묵기라도
언제부턴가 우린 뾰족탑 끝 십자를 외면했는데

붉은 불빛 지하로 가는 은밀한 술집이라면
시멘트 위에서 골조 지지던 용접 열 같았니
당신이 침묵으로 냉기류 일으킬 때
무겁고 빛바랜 그 외투 나는 또 걸쳤다

마치 겨울왕국 장면이 지나가는 자정뉴스
얼음 축제 뒤편, 고개 떨군 매서운 일기예보에 멈칫거린다
얼어서 베일 물이 아니라도
새는 물에 주저앉는 얼음 바닥, 쩍 갈라졌다

불편한 진실

고르고 고른 소장 책입니다
목차 분류 별 것 아닌데
알수록 헛것 됩니다
점점 미궁에 빠진 나는
오랜 시간 정독하고 묵독하고
다시 한 번 되돌려 읽기를 하다가
다 이해하고 다 넘기는 것이 힘들어진 나는
나머지를 구겨 넣을까 던져버릴까
동공 반짝이게 한쪽만 펼쳐놓고
다 읽은 거야 말하려다가 나는
빗금 겹으로 그은 곳에 또 멈춥니다
한계 다다라 입술을 깨물 때
무지가 경지인 듯
막무가내 넘기는데
물의 입자까지 가세하자
울렁울렁 책에서 신음이 터집니다
자신이 덕목이고 핵심인 실천
첫 번째 해석해냅니다
주석까지 달아놓으려 합니다
주의사항
사용 횟수 단 한 번뿐

언감생심

누군들 물 차오른 시절 건너
메마른 각질로 붙잡힌다더니
찬바람 불어 낯선 곳에서 눈치 없이 가는 손
북적거린 대형마트 할인 행사에
영어로 표기된 피부로션 덥석 집었네
날것 찾아 낚싯대만 꾸리는 그의 손
슬쩍 얹어 미끄러운 맛 태워주리
사나흘 째 부슬부슬 탈피반응 보였네
처음엔 동서양의 차이인가
육식의 그들에겐 초식성분 발라서
산뜻하고 끈적이지 않을 거라 여겼으니
듬뿍 덧발라도
광택은 전신으로 번져가는 소금바닥인 것을
병의 허리를 들여다보다가
어쩌면 좋아
body lotion이 baby로 새겨져 있네
기름기 쪽 뺀 타입
이 겨울, 건성피부 제대로 쪼글거리네
까르르 까르르 넘어갈 듯
과한 대접에 뒤집힌 것이네
눈마저 흔들리고 있었네

두 개의 요일
― 새들의 비상구

지금은
삼십 분의 사랑을 위해
삼백육십 분 끌고 오가는 길과 어둠이 있다
사한삼온 법칙을 만들고
깨져야 법칙이라지만
가파른 분분
우리는 끝끝내
밤 한쪽을 고소하게 파먹었다
바람소리 위태로워도
거침없이 태워 푸른 불꽃 냄새 가득찬 방
촛농을 모으고 다시 살랐다
때로는 거짓으로
열렬히 쓰러지는 몸
땅의 봉분 아득하게 적시는 비상의 모음들

벚나무에 아침의 눈물이 알처럼 슬어간다
유리벽 난간에 무사히 닿은 길
여덟 시 방향으로 애벌레의 꿈을 꾸며
눈에 밟혀 찬란하게
마디마디 눈을 감는다.
당신이 매끄럽게 돌아간다고 들린다

외곽의 힘

그가 가까스로 닿은 곳은
신의 별이야

늘 가장자리에 밀리면서도
신의란 별것 아니라던 당신
소주에 피자안주
목재 찻상에 쇠수저

도시의 외곽을 떠돈 가장
중심에 놓이고 싶다
당신의 집중된 눈빛이
차갑게 널브러진 수저를 잡고

뜨거운 찻잔의 중심으로부터
빙그르르

지구를 돌리는 것이다

3부

담벼락

아버지는 제삿날 제주를 서둘러 비웠다. 줄줄이 꿰어진 계집아이, 수심으로 패인 새벽 마루에 앉아 우산대를 당겼다. 나는 반죽덩어리 같은 백일아기가 늘어진 옷을 물고, 등에서 딱딱해질 때까지 마당을 돌았다. 띠를 풀고 골목으로 튀어나오면, 담벼락에 붙은 땅거미가 좁쌀 볕마저 감으며 나를 따돌리곤 했다. 오촉 전등이 밤하늘로 속절없이 빨려가고 떨어지는 꼬리별 따라 조등 밝히던 새벽, 물 긷다가 손마디에 엄마의 눈금이 흔들렸다. 달이 차올라 붉은빛 이슬이 비쳤다

외할머니는 옥양목 조각을 접어 엄마 입에 물리고
울음 꼬리가 문고리 붙잡고 멈출 때까지 나는 또 조마조마 쭈그러질 것이었다

등굣길에 삘기를 뜯어 껌이 되도록 씹었다. 채변봉투에 빨간 고추 수두룩 걸린 금줄을 그린 종례시간, 내가 깎아놓은 지시봉이 머리를 겨냥했다. 버짐 핀 낯을 달구며 깨진 창문으로 쏟아진 땡볕, 짝꿍은 원기소를 굴린 후 아깝게 깨물었다. 하굣길에 전설의 능력자처럼 오디를 따서 입가에 무더기로 발랐다. 뛰어나온 엄마의 무릎이 땅에 닿으며, 짚은 날보다 먼저 태어난 사내 같은 계집아이, 그날 꽃고무신 한 짝이 냇가에 떠내려갔다. 해 저물도록 물속에서 뻐끔거렸으나 지느러미는 생기지 않았다

>

　나의 신탁은 들통 났지만 뒤늦게 본 효험

　마침내 엄마는 담벼락에 칠공주파를 꽂은 지팡이로 강력한
보스가 되었다

그녀들의 동굴

1

거울 앞에서 가르마 나누고 옆 꼭지에 넘겨 머리를 묶자
엄마는 빗을 빼앗아 가운데로 반듯이 빗겨주었어
"이래야 돼"
상고머리가 되어 빗질은 멈추어졌다

목포행 새벽 기차가 지나가고 뒤꼍 우물가에선
나뭇잎과 바람으로 가를 수 없는 소리가 떨어지곤 했다
나는 가방 속 지퍼를 열어
으스스, 웅크려 있는 팔레트화장품 한 칸씩 파내 뭉갰다

산개구리와 목 놓고 돌아와 등을 켤 수 없던 방
눈 뜬 이성에 눈 감으며 점점 침잠해 갔다
낙엽에 으깬 발자국
꽁꽁 숨어버린 동공은 갓길에서 두리번거렸다

내 몸에 핀 연분홍 꽃잎은 흑장미 빛깔로 변해갔던 것이다

2

구부정한 등이 되어 엄마 혼자 다녀가시는 먼 곳
욕조에 뜨거운 물을 채워드렸다
본적 없는 늙은 음부, 무릎 당겨 끝내 가린다

배수구에 쑥 빠진 목욕물, 긁어낸 흔적 결벽이다
내 속살 더듬으며 슬픔이 불어났다

평생 폼 잰 지아비 하룻밤 굶긴들 탈나실까
서둘러 나서다가 보자기처럼 풀어진다
손바닥으로 쓸어 담는 시커먼 멍울들
여태껏 다해도
이 만큼이지 못할 음성의 기억에 출렁였다

끈을 묶으며
"어쩌겠냐 그때는 계집애가 말 나면 집안 망치는 것인디"
액자 속 신부를 천천히 닦아주었다
틀이 삐걱거리는 사각유리 동굴

엄마, 아직도 이 동굴이 끝나려면 멀었나 봐요

엄마의 성

1

쇠락하는 여자가
도무지 혈기 넘치는 사내와
어떻게 질긴 끈 매듭지어 가는가

그 여자, 잘난 남정네가 한두 번 달맞이 안 하겠느냐
창호지문 문고리에 물리지 않고
새벽바람 따귀에 맞으며 기다렸다
요정마담 분 냄새가 좋더라
노란 배추 속잎만 따내 돌확에 고추 갈아 버무린 겉절이
돼지비계 좌르르 호되게 볶아 보시기에 담아놓고
들깨가루 걸러 시래기 된장국 끓여놓았다
천보 만보 갈 것 같던 사내 백보도 못가고 되돌아왔다
"밥상 차려라"
가죽장갑 가죽부츠 헬멧을 쓰고 주유할 때도
사내 발바닥 구들장이란 말이냐
아랫목 불이 나도록 삶고 띄운 메주
여수바다 멸치 황새기 젓갈궤짝이 우물가에 파닥 파다닥 쏟
아졌다

2

그 여자 동지 오는 새벽에 찬물로 머리 감았다

벗기고 다시 신지 못하게 했던 버선발
십자수를 놓지 못해 가사점수 망쳐도 좋다며
달거리 멈추자 학 그림 분을 발랐다
딛고 가는 살얼음판
둑길 따라 흐르는 물소리 부딪칠 때마다
사내의 문고리에 물린 방에서 헛기침이 새어나왔다
호박말랭이 자글자글 볶아지고 죽은 눈에 젓가락 몰리던 동
태국
정갈하게 머리 올린 저녁 밥상이었다
쪼글쪼글 버섯주름 마침맞게 쫄깃하고
삭혀서 쿰쿰한 듯 톡 쏘는 홍어회무침 비상한 맛
허벅지 속 가물어도
조물조물 쌓아가는 성이었다

맨 처음 내 몸 구석구석 어루만졌을 여자
끝없는 슬픔으로 배냇저고리에 감싸 입혔을 여자
그 여자 싫어서 도망치지만
어느새 내 손에 익은 그 여자의
또 한 남자 못 떠나고 되돌아온 맛

다듬이 소리

새로 지은 집에 원목장롱 들이던 날
나비경첩 떨어지고 부스럼 난 자개장 속
내장 긁어내
마당 가운데 불꽃놀이를 했어요
엄마는 한사코 거두시는 걸
왜 그랬을까 왜 그렇게 졸랐을까
늙은 원앙이, 구이가 되고
목단자수 홑청, 검은 소리를 물었던가요
누렇게 바랜 무명 요대기
땟자국 낀 늘어진 옷가지에서도
다듬이질 소리만 들려
붉은 울음이 타들어간 노을 같았어요

나프탈렌 냄새 멈춘 내 황실무늬 장롱 속
몇 년치 쪼갠 월급 혼수로 붓고
언제 적 내력들 묵혀 나와요
발목을 누르는 새
샅 풀린 검정고무줄 속옷
바람에 들켜 던져버린 후
집착한 속옷은 진열처럼 쌓였는데
몸에 닳은 옷가지와 매화꽃 방석
그때처럼 누렇게 바래져

왜 그랬을까
방망이질, 멈추지 않고 나를 두들겨요

속적삼 접었다 펼쳤다
아스라이 사라진 엄마의 다듬이 소리

외로운 숨바꼭질

누군가처럼 숨기만 하면 찾는 것은 시간문제일 뿐
좀 더 정교하게

옷장으로 들어가 커다란 외투 입고 숨었어
문 열며 지나갈 때 문틈에 채워진 검은 빛깔들
숨바꼭질 끝나도록 들키지 않아, 무서워

엄마가 짧아진 해를 걱정하며 퇴장에 나선 길
얇은 어깨에 걸치려할 때
내가 부스러기처럼 떨어졌어

다시는 그 방법을 안 쓰기로 했지만
단 한 번만

이불장 솜이불 속에 기어들었잖아
더듬더듬 지나간 짧은 말
앙상한 나뭇가지에 흰 바람 몰려올 때
아랫목에 번데기처럼 툭 떨어졌어

저녁에 씻지 못한 발가락들 꼼지락거리고
무밥 방귀로 부풀어간 밤들

>

저물도록 찜하는 이 없이 우두커니 서 있는 유리창 앞
사슴 한 쌍 새겨진 차렵이불 바라보며
다 큰 여자가 불러본다

나 여기 있는데
엄마아
애들아

겨울 문

공원에 앉아 있는 노인은
시간을 세는 걸까
눈이 내린다 눈송이
그의 머리 위로
송이가 수를 세는
명사로 떨어질 때
슬픔, 덩그러니 쌓인다

붉은 봄
꽃이 활활 타오를수록
사라지는 속도
하얗게 맹신하게 될 뿐
공원의 매화꽃은 피었구나
부러진 가지 끝에서
나의 말은 절룩거린다

시간의 자세

내일되어 줄곧 펴던 등을
이 저녁 여섯 시 반듯하게 눕혀봅니다
인간의 몸이 입체이며
보행의 종인 것을 잠시 잊고 싶습니다
선물을 쥐었거나
숙면에 들고 싶다는 것이 아니라
등의 각을 펴주고 싶은 것입니다
눈이 내리고
나뭇잎이 흔들렸으나
사라진 소리를 찾을 수 있다면
엄지발가락 모으고
가지런히 무릎을 맞대려 했는데
먼 거리가 되어 닿지 못합니다
따뜻한 손길
뻣뻣한 목을 바닥에 내려놓아야 합니다
쉰이나 혹은 쉬흔이 되었으므로
생에 빨린 이력
쉿, 은으로 입혀가는 시곗줄 바라보며
눈은 내리고
나뭇잎이 제 몸 눕혀 받아주듯
지금은
알람보다 먼저 잠깨는 직립의 시간
익숙해져 가야 하는 까닭입니다

후광

그림자를 기르는
고요한 물빛의 시간
바람이 다녀간다
흔들리며 터지는 물집
번져가는 물결 속으로
그림자는 한꺼번에 자라서 사라지네
더듬던 너의 지문이 흩어진다
마디에 맺힌 탄성이 새어나왔어
우리의 방황은 규칙에서 해체되고
리듬이 만들어질수록 무력해진다
부드러운 졸음을 낙원이라 말할까
마디를 건너가는 영속
이리저리 빗나가는
처음의 아침이 오고
안개가 가리키는
물의 길을 찾았나
마지막 한 가닥 안개를 쥐었을 때
뜻밖에도 너는 거기에 있고
짧은 그림자가 떨어지기 시작했어
그 많은 물이 죄다 잉태 중이라니

월화수목금

두툼해진 아랫배는 아직도 뜨겁다
도화가 낀 팔자 아니고
창녀 향해 너그러운 것도 아닌데
다섯 남자 꿈꾸며
은비 맞고 있는 여자
저녁 세수 거르지 않게 해줄
마지막 그를 만나
햇빛 밟고 거니는 동안
몽매한 사랑도 두려워하지 않고 싶다
연분홍 다홍 주홍
선홍 직전의 립스틱
'ㅇ'에 물광 액상 덧바르며
거울 속
내 생의 단 하나이길
月 火 水 木 金 만나
나머지 쉬어가고픈
희미해진 어휘들이 꿈틀거린다

여름 함백산

가느다란 발목만 내어 놓다가
문득 돌아서는 찰나 사내는 푸르르 가슴을 펼쳐놓았다

허리보다 낮아진 곳
소나무 물비늘 털고 있는 해발 천 미터 표지판
골마다 돛대로 나부끼고
화살촉 쏘는 위치 안내
비상등 켠 차는 꼬리를 흔들며 간다

고사목 갈비뼈에 바람을 맡겨 놓고
계곡은 안개를 밀어 올린다
여우오줌 도둑놈갈고리 동자화 이름 얻은 들꽃과
사진 속에 묻힐 울긋불긋 흔적으로

구름 잠자리 나비 떼 지어
가벼워 가벼이 오르는
두려움 없는 야생들

빗방울과 체액이 미끄러진 오름길
달랑 비닐우비 걸친 내게
꼭대기 건장한 사내 수백 수천이 다가왔다

>

　붉은 꽃 피는 몸아

　하르르

　오늘은 한눈 실컷 팔려도 좋으리

연인

구두끈이 자꾸 풀린다고
누군가 먼 곳에서 연모하는 것이라니

영원히 풀리지 않게
끈이 없는 구두를 사주고 싶었어요

사용한도 꽉 찬 카드
바코드를 국수처럼 불릴 수는 없을까

출구로 밀려
내 가난만 구경되고

외워 온 구두 창 가게 앞
구두끈을 살뜰히 주문하지만요

혹시나
키 높이 속, 광택을 좋아하게 될까봐

밀고 나가세요, 팻말 문
당기세요, 몇 번인가를

사탕, 그리고 빈 봉지

시원의 향기였기에 탓하지 않았다
아찔한 혹은 절박한
그때의 명암 바깥에 대해 관대했다
뒤에서 바라본 네가 안으로 들어왔으므로
글자로 선언된 평면들
나 모르게 찌그러뜨렸다
작아지며 쓴맛이 될 거야
절정에 부서져 혼미해질 때
증오하던 어휘들이 스크럼 짜는구나
서로에게 물려주던 흰 맛
차마 딸기 즙 속마저 깨물다간
허탈하거나 습지가 될 텐데
저울 눈금을 가린다
주홍의 단서를 붙인 건
그만큼 변명할 수 없다는 뜻이리라
쓸쓸한 악수 또는 각인
두 개뿐인
흐트러진 가지 수
저 구석까지 뭉갤 수는 없을까
쪼개지지 않는 사탕을 삼킨다

허튼 바람에 놓친
사탕봉지는 잡히지 않았다

비밀의 방

들자니 예순을 진득이 넘긴 시인
소주 한잔 드신 저 유창한 언사를 봐선
아직 기억의 창고가 견고한데

갓 쉰에 충분한 나는 벌써 몇 차례
인터넷 서점에 주문이 막히고
카드번호는 당신과 첫 비밀을 걸던 날일까

굵은 뿌리의 계보를 새겨야 했지
흙의 경계에 머뭇거리며
실비 소리에도 후다닥 깨어나곤
지독했어 가을비 말리던 그 겨울바람

쉐이브크림 마구 짜 문지르며
당신 어깨에 맞춘 울의 비밀번호 입구에서
생크림으로 눈사람을 만들 차례야
더 멀리 나를 두고 가야겠네

두려움에 취한 자유를 흔들흔들
새까맣던 점등관이 터져버렸지
뒤집힌 소음은 아롱아롱 떠가고
다음 날 정오까지 거닐던 꿈결 같던 날

>

새로 찾은 애인을 조립하여

시치미 떼듯 비밀번호 바꾸었어

타인들

자정 넘어 도착한 바다 꼭대기 방
달빛 뿌려져 고구마 케익 같았어
허기졌지 허겁지겁 단추를 풀었지

해안선 불빛 이마에 건 갈매기
어둠을 꺾어 물결에 눕힌다
달의 애액 스며드는 새벽녘
속살에 파묻히기 위해
파도는 밤새워 모래 각질을 벗긴다

잃어버린 반쪽 항상 안에 있어서
바다처럼 오랜 시간의 눈물로 부풀었을 거야
바람 기척에 시선 돌린 채
옆구리에 타고 오르는 난처한 두 손가락
낭떠러지 꽃잎들 소리 질러

빛살이 예리하게 시트를 구겨 놓으며
사라진 약소한 시간
내 왼발 당신 가랑이 사이에 끼어 있고
우리는 기억하지도 못하면서 붉었다

미간 주름이 깨어나고

추측을 남겨두고 온 그 방
찰칵, 벽틈으로 기어든 반딧불이
무엇을 현상했을까

천국의 그늘

너는 긴 다리를 드러낸 도시의 여름
밑동만 남게 될 터진 살갗을 가리키며
나무의 그늘을 이고 있었어

나는 한 입씩 구름을 뜯어먹거나
파란 물감을 더 많이 풀어놓곤 했지
그건 너의 세계를 확신하지 못하거나
헛된 쓸모로 창조되기 때문이야

나침반을 추종하여 허방에 빠졌지
발바닥이 벗겨지고 끌고 가는 중이라면
붉은 해, 즙을 짜는 약방을 우선 찾으렴
자신의 초상을 그려보려 하다가
네비게이션 켜기 바빴지

네 곱슬머리카락을 늦게 알았어
가는 목소리 긴 손가락 저체중의 나와
중심점을 이탈하기 일쑤인데
풀어버리면 각이 되고 창이 되는
지구를 헤집으려 할까
심심치 않으려고 심각해지고 말았어

>

이제 그만 발작하자
진통제인지 진정제인지
오늘은 십자 표시가 새겨진 봉투를 받으며
낄낄거리는 우리는
천국으로 가는 표를 구한 것 같다지

겨울 소네트

나는 당신의 그림자 정원사
지워가는 한낮을 미워하기도 했네

창밖에 달려오는 어둠
노을이 실명처럼 비틀거리네

모퉁이 조각 끌고 갈 때
스카프자락 풀어 묶어놓고 싶었네

불빛 끌고 온 그림자 싸늘해
차마 재단할 수가 없네

외롭게 뜬 저 별 떨어져서
당신 숨어있을지도 모를 꽃으로 핀다면

꽃 그림자 수두룩해질 봄날 오기 전에
밤 다 가도록 키워놓고 싶네

흰벽

그와 종합병원 마트에서 부딪쳤다
누군가의 문병을 왔다고 했다

엘리베이터에 빨간 꽃이 쉴새 없이 핀다
꽃을 바라보던 사람이 질 뿐

한 박스의 음료수를 들고 사라진 동안
나는 그 음료수를 받아볼 수 있을까

존 레논의 몽상 컬러링만 반복해서 들리다
핸드폰의 자동응답조차 꺼졌다

젊은 여자 숨소리가 끊어질 듯 이어지며
그의 부음을 전하는 겨울날 오후

해가 넘어가는 흰벽 모서리에
바야흐로 며칠째 눈이 푹푹 쌓였다

화석

그대를 만지는 동안
시간은 나를 멈추게 했다
분화구가 열리고
그토록 황홀한 용암
언 겨울이 녹듯
나도 모르게 더듬어간다
지나간 봄
꽃잎의 이름으로 새겨진 곳

몇 억 천 년 격렬했다

4부

망초의 내력

그대와 내가 앉은 침목무늬 의자 틈으로
목을 빼고 있었어요

담벼락 높은 집 귀퉁이의 손톱만한 꽃
아스콘 냄새 차오른 도로변에도
망초 피어 사람냄새 남아있는 곳이라 했어요

논두렁 밭두렁에 두셋 혹은 무리
과수댁 할머니는 낫질로 쓱싹 베어내면서도
"고놈 예쁘다 고놈 아깝다"
차곡차곡 밭둑에 둘러놓았죠
연해주로 떠나가 돌아오지 않는 가장
찾아 나선 숯 검댕이 속 발화했을 거예요

창살 둘러놓은 철문 아래
아름답다고 불린 것들은
점점 입체를 바라볼 수가 없었어요
누군가의 소유가 되어가는데
맘대로 안 되니 '망할 놈의 풀' 불렀을 거예요

틈에 핀 망초 바라보는 그대와
레일에 올라 탄 눈빛

읽어 내린 나 동시에

"기특 기특 꽃송이"

망초 가득 핀 숲길로 들어갔습니다

참 가벼운

양철 이동간판에 걸린 햇살
툭 차고 가듯 네 시

지루하다 슬슬

행복하냐고 묻는다는 게
항복하냐며
네게로 갔다

클! 처음
빠진 점을 붙여 두 번째 쿨!

우리는
외투거나 장신구로만 달랑거린 것일까

무심코 걸치다가
코 빠뜨린

구멍의 섬

얼마 만에 회항하는 당신의 섬인가요
검은 바다만큼 격리된 이방인
돼지고기 칼국수를 먹을 수 있을까
제삿날 꼬박
상복을 입고 이렛날 푹 절여지는 그 섬
포말처럼 부서지게 했지요
자라젓갈 비늘 냄새를 품고
바람구멍 돌담에
완고한 가계를 새겨놓은 표지, 미처 몰랐지요
인분 뒤집어 쓴 돼지머리
발을 친 곳 엿보다 소낙비 맞은
오랜 풍랑을 건너온 풍경처럼
지느러미 단 무늬의 변천사
다랑쉬를 넘어갈 때
이따금 파도를 끌고 오르기도 하는
바람의 증거인 듯
구멍에서 일제히 소리 내뿜는다는 것
무시로 둔갑한 마천루를 바라보며 알았지요
바다 가운데
홀홀
발자국 경계하며
흘러온 섬 뒤늦게 알았지요

허수의 아버지

그저 풍작이 되어야 좋았지만
흉작이 되어도
농사를 버리지 않았다던 홀쭉이 아저씨
큰길 찌꺼기를 운반해 온 리어카가 멈추자
골목은 대놓고 손가락으로 그의 갈지 자를 가리켰다
그는 후덥지근한 밤에
뭉그르르 손바닥을 펼쳐 별자리를 짚었다
서녘으로 질러간 잿빛구름이
비 먹은 바람 끌고 와
잠이 없는 도시의 꽃들 한순간에 쓰러뜨렸다
징글징글 빚만 남기더니
말뚝 바깥 땅뙈기로 났다는 대박이며
그해 태어난 아이
새끼줄에 고추 매달아 놓은 기억만큼
담배연기를 연신 뿜어내곤 했다
콧날 비치는 빌딩 속에서 닦인 아이
바닥부터 진흙처럼 비벼져야할 것인데
논바닥을 갈라먹던 해가 유리탑에 앉아 있었다
우편함엔 난간을 물어 온 새의 엽서가 넘치고
담벼락의 담쟁이 힘줄들 아무에게나 뜯겨졌다
그는 헤아리다가 접히지 않아
마디만 남은 손가락을 눈에 넣듯

종이컵의 막걸리 휘휘 저었다
여전히 하늘을 바라보는 낡은 농사법으로
하얗게 피를 말리던
산논배미의 허수아비가 되어가는 것이다

늦가을
— 아버지처럼

네 시, 낙엽이 떨어지고
하늘에 깃을 내밀지 못한 채
터미널 앞 좌판에 쌓인
오리알의 흰 슬픔을 보았어요

오래전 아버지가 쏘아보던 세상에서
지금 내가 비행하는
도시의 막다른 골목
북극의 수정 같은 빛깔일까요

길바닥에 가솔을 내려놓은
그이의 축축한 신념도
흐린 하늘 거두려
깜박거리게 될 뿐

몇 번의 가을이 가면
나도 아버지처럼
텃밭에 흰 빛을 모으려고
어두운 새벽부터 둥글게 말고 있겠지요

최고의 돌을 깨기로 한다

쉰이 되어 석사 학위 수여받던 날
돌이 박혔다
단단한 바윗돌
생각과 지식을 빈틈없이 막아버렸다
돌아와 깨뜨리기 위해 박사를 해야 하나

문득 밥 사는 일이 최고의 배움이고 베푸는 것이라던
축하자리 식객의 말
김박사 차박사 피박사…
사통팔달 중구난방 박사 아니었던가

그렇구나
파스타 스테이크 아니어도
칼국수 콩나물국밥 한 그릇 대접하는
최고의 밥사가 되기로 한다
"자네도 십년 후에 보세, 밥 잘 드시게"
민머리 뒤로 쓸던 선배의 말, 틀니 탓만은 아닐 거라

그렇다! 비어도 털어서 내가 대접해드리는 것
그러고 보니
번들번들한 분들 옷엔 주머니가 별로 달리지 않았다
아마도 세상 머리로 읽지 마라
그 돌을 깨란 뜻이었네

푸른 쪽창

엎질러진 집안은 내게 은행 창구에 앉아 번듯하길 원했다. 여상에 입학하고 교정의 시계탑은 황사의 낮빛으로 저녁을 가리키곤 했다. 교실 출입문이 열리면 천장 스피커는 세상 튕기는 법을 주문했다. 주판알은 급을 세우고, 타자기의 자판은 명함을 박느라 속도를 높였다. 손톱 끝 꽃잎들이 뭉그러질수록 게시판에 검은 합격 스티커가 속속 부착되었다. 가늘어 게으른 내 손가락은 알과 자판 틈에 빠지기만 하므로, 통지서에 부적격자 낙인을 찍곤 했다

목련을 폈다 접노라면 손끝에 옹이 박힌 아이가 다가와 축축해지기도 했다. 담임의 눈빛이 사선으로 꽂혔다. 조각창문 속 아이들은 어느새 깨우친 부기법을 품에 담고, 졸업장보다 먼저 낡은 창틀을 빠져나갔다. 둘쨋줄 붙박이 수재는 작은 키에 통통한 얼굴로 면접마다 고배를 마셨다. 커튼 뒤에서 응시한 공중에 물의 얼룩이 가득했다. 경리 실습을 마친 희숙이는 실습비 대신 넙죽 받아온 초코우유를 마시며, 눈이 퉁퉁 부어올랐다. 신상품을 박스로 받아와 가계가 트인 듯 합격소식을 기다렸으나 유효기간이 지나갔다

나는 웃자라서 아버지의 밥상을 뚫고 상행선 막차에 올랐다. 그때 연착한 완행열차는 지금도 덜컥덜컥 푸른 창문을 흔들어준다

중독

1.

소문에 의하면 그의 두 시간 강사료는 누군가 한 달의 생계를 주무르는 금액이라 했다 그가 시인일지도 모른다는 말은 왠지 기쁘고도 슬펐다 그의 강의를 들었느냐고 K여사는 대형백화점 교양센터를 다녀와서 어둔 말에 귀를 만졌다 어떻게 알았는지 그의 호가를 기억하고 찌그러진 환상을 다시 벙긋 터뜨린다 그 사이 껑충 고공으로 뛴 그의 시세에 나는 허리를 잡고 기뻤다 지긋지긋한 방문판매에서 돌아와 겉옷을 벗어젖혔다 풀지 않은 단추가 켁켁 자국을 내며 바닥으로 떨어졌다

2.

특별하게 유능한 경력은 전단지에서 밝혔듯이 매력적인 일이다 열렬하게 추종자가 된 거북이 자세로 지지대를 준비했다 의사의 진단카드 병력으로 강의 기록을 남겨주었다 골목을 걸어갈 때 발목을 짚고 간 한 가닥 해가 수족냉증 앓는 손등에 잠시 머물다 간다 좁쌀 볕이 든 담벼락에 뻘뻘 타는 담쟁이 받쳐주며 내 그림자가 길어진다 착란을 거듭해도 유명한 강사의 애매한 마무리를 의심하지 말아야 한다 그의 말을 더듬더듬 흉내 내며 검은 거울에 비친 마네킹의 표정을 훔쳐보았다

오래된 경험

화분에 심어진 철쭉
잔가지가 움찔 뻗어있는 걸 보았습니다
흔하지 않는 지구와 골목길
지난해 그 좁은 길에
인적 뜸해지는 것을 보았습니다

꽃이 피지 않았으므로
나는 시무룩해졌습니다
해를 거르는 일이야
나의 낯이 한심하단 뜻인지
엄마는 끌끌 던지고 갑니다

수분을 분무해주고
노란 물약을 추가로 주사하는데
엄마는 되돌아와
가위를 쥐어주고 갑니다
오래된 경험은 반들반들 합니다

골목에 가죽부츠가 나타납니다
처마 낮은 집 노인 기침이 말라가고
웅덩이 같이 지붕 꺼진 집 토방
굵은 가지가 더 굵어지고

볕이 도로처럼 들 것입니다

나는 잔가지 잘라
가장자리에 꽂아 놓습니다

꿈의 연구소
— 내게 적절한 시간이란 걸 알게 되면 나는 시냇물
을 건널 거예요*

김 박사가 퇴직 후 창업한 꿈의 연구소
컴퓨터의 ←와
우르르 뛰어나간 Delete를 혼동하여
순간 Enter 자판이 막막해도 굽힘이 없다

여전히 밥은 사내의 포부가 아니라고
더듬거린 손가락을 한 번 불지 않고
서리 맞은 머리칼을 세우지만
돌출된 앞니가 산꼭대기처럼 들린다

십여 년 고객인연으로 벽시계를 들고 와서
연아 커피를 마시고
교가를 더듬다가 애국가 4절까지 훑는 동안
잘못 걸려온 문틀 같은 말씨에 넘어졌다

안경 앞 알짱대는 날파리 고객
십년후가 망한 입바람만 예약하시나
밀쳐놓은 신문에 은퇴 후 갈림 길
'치킨, 시킬 것인가 튀길 것인가'

그는 두 개의 손가락을 펼쳐 보이며
오후내 두 번째 수화기를 든다

여자의 목소리가 창문에 후드득
비 개이고 서늘한 가을 하늘에
손수건은 꼭 필요하다고 건네주었다

* 아바의 「I have a dream」중에서.

간판

입구부터 방석까지 번지르르
kbs mbc sbs 나온 한정식집
방송국 기단 층층이 쌓였다
지휘만 하다가 나온 것 같은데
초록 이쑤시개 여기저기

계단 벽에 가려
용마루에 햇살 걸터앉은 뒷집 국밥집
처마 밑 누런 벽에
푸른곰팡이 벽화 그린다

'텔레비전에 한 번도 안 나온 집'
쭈그렁 간판 미역처럼 말리고 있다
패인 흙 발자국 여기저기

지방 문단 기웃거린 이력으로
어디까지 가봐야 할까

인도

나뭇잎이 죽었습니다 청소부 어깨가 바스락하며 화장터에 실려갑니다 나목이 되어 부들부들 뼈대 한 줄 두르지만 피해갈 수 없는 바람의 눈, 수피의 얼룩이 짙어집니다

사람들은 차츰 기억으로 나목을 더듬기 시작합니다 다른 이름을 수근거리기도 합니다 감전사고까지 치며 정이 든 전신줄마저 떠나갑니다

몸 비틀어 지상에 뿌리 한 자락 걸쳐본들 바닥에 수행하는 인도의 성자 같습니다 상가 간판 주인은 모처럼 바라보며 빙긋 웃어줍니다

나목이 제 몸 떨며 소리 내지 않고 우는 것을 보았습니다 수액을 간신히 빨고 있습니다 차디찬 한기 막아주는 해를 만나고 싶어 목이 가늘어집니다

왼쪽에 없는 친구를 대신하던 초록, 봄은 올 테고 그때쯤 또렷한 이름 부르며 기댈 겁니다 가로수 빈 그늘 밑에 가면 모자를 꼭 벗고 고개 숙여야 합니다

가면놀이

음악에 맞춰
새로운 기법 터득하며 환희에 도달하려는데
3막 이상 불가능하단 걸 어림했다

1막 달이 구름을 앞세우듯
몇 번을 만났어도 부끄럽다

2막 지식이 거짓인 방에서
근육, 오직 한 가지 진실을 밝힌다
우지직 찢어지는 나무의 힘을 본다

3막 거울 앞에 도취한 몽상
누가 바나나라고 한 거야 먹을수록 부풀었다
입이 돌아갈 것 같아
눈 한 송이 잡지 못하면서
필름 없는 사랑을 찾고 싶다

지금 라디오 시그널 음악
귀가 따갑고 지겨워
초경 때 들었는데 그 방에서 재생하다니
목적이 숙련될수록 경멸은 우리의 음악
십초 먼저 일어서고 열시의 hymn이 흐른다

> 풀리지 않게 자국은 살 속에 파고들어
4막! 죽어가는 향연으로 벗길 것처럼
내 등에 못 박힌다

적과의 동침

똥파리 거실에 흘러들어 사흘째 정신없고 교란 중이다
꽃무늬 벽지와 유리창 투명에 여러 번 처박히기도 하며
가족은 시늉만 낼 뿐 적의에 약하다
추운 계절 바깥을 향해 똥파리 따라가 문을 죄다 열어주고
얼른 빠져나가란 말이다
다 보여주면 도리어 믿지 못할 습성
기생하려면 구석에서 잠잠해야 하는 것인데
이제는 밥상머리에 노골적으로 드러낸다
하는 짓은 우습고 더러워
겨우 집중한 나의 시 쓰기도
여러 차례 분수를 넘어 훼방하고 벌이마저 위협하므로
마침내 박멸하기로 결심한다
파리채 가스분사기도 없고
탐색을 마치기라도 한 듯 수시로 활개 친다
승부를 미루며 최종 시한을 던져 주었건만
단잠 빠진 새벽부터 앵— 선제해오는 꼴이라니?
주부 이십오년 차 들어선 나의 머리맡에서
저도 긴장 늦추지 못해 읽힌 무거운 몸놀림
손아귀에 잡힌 책 단방에 날린다
아직 깍두기 써는 각이 정교한 촉수로
명중을 직감하는 순간
이것이 똥파리의 목숨이었던 것이다

하필 어젯밤 도착한 '시와정신'에 맞아
왠지 특수음향이 사라진 아침
수납장의 묵은 라디오를 켤 때
주파수를 잘못 맞춘 듯 앵-앵 소리가 들린다

느티나무 그림자

표지판 없이 냇둑에 고조부처럼 서 있는
둥근 느티나무 나이
상처를 내지 않고 짚을 수 없을까
비바람 들락거린 페이지
풍화의 시간으로 터진 결의 무늬 쿨럭댄다
까마득한 날 엮은 무성한 구비 진원지
며느리 손자 이끌고 나온 노인이 등을 친다
마을은 그대로인데
꽃구경 불구경 마실 떠난 사람 돌아오지 않고
쓸쓸한 밤 지탱하던 경로당에는
꺼줄 사람 없어 전등조차 켜지지 않았다
나이 세는 것이 대수냐는 듯
냇둑 아래로 느티나무 그림자 우수수 쓸려간다

살아있는 고샅 사람 모두 곱사가 되어버린 마을

어쩌면 저 느티나무에 오르기 위해
새의 등으로 줄여가는 것일지 모른다
뱁새 까치 왜가리 두루미
어디서 저토록 날아와 쉬고 가는 것일까
떠난 사람 모두 돌아와 마을 회의를 하자는 것인지
참새 떼가 들쑤신 한낮이지만

느티나무 아래 노인들은 모이지 않았다
사망 선고를 부축하며 쉬어가던
허름한 빈 의자만
마을 앞 물소리를 듣고 있다

노인의 등 치는 소리에 동구 밖으로 까마귀 날아간다

또 다른 삼경三經

시경 서경 역경이 사내의 중한 독서라 하고
니체는 피로 쓴 문학이라 하였으니
초경 월경 폐경을 겪어낸 이가 있어
그녀는 달의 몸을 받아
음력을 짓고 건사하는 동안
마침내 섭렵하게 된 궁의 문리를 트니
여인이야말로 당대 최고의 지성인이리라

페르세포네의 편지

안서현 문학평론가

페르세포네의 편지

안서현 문학평론가

    모녀지간이란 다 그렇지 않을까. 가령 신화 속에 등장하는 모녀의 형상, 저 대지와 농사의 여신 데메테르와 그 딸인 계절의 여신 페르세포네 역시 마찬가지였을 것이다. 유명한 이야기다. 페르세포네는 사랑에 빠진 하데스에게 붙잡혀 지하세계로 끌려가버린다. 페르세포네의 아버지인 제우스가 데메테르에게 말하기를, 페르세포네가 지하세계의 음식을 먹지만 않았다면 돌아올 수 있으리라고 한다. 그 말을 듣고 데메테르가 그녀를 찾으러 가지만, 이미 페르세포네는 하데스로부터 석류를 받아먹고 난 뒤이다. 그때 데메테르는 아마도 딸 페르세포네에게 사랑이라는 이름의 함정에 빠지지 말라고 충분히 일러주지 못했던 것을 뒤늦게 후회했으리라.

    이 시집의 수록 시 「사과 이야기」를 읽고 위의 장면을 다시 떠올려본다. 딸의 삶이 사과처럼 탐스럽게 여물어갈 때, 그 달콤함 뒤에 숨겨진 음험함에 관해 어디까지 이야기를 해주어야 할까 망설이는 어머니가 화자로 등장하는 시다. 다음의 구절을 보자. "생리혈 묻어나온 속옷 축하 파티를 했는데/ 그후로 드문드문해진 우리/ 다음을 들려주지 못한 채 풋사과 익어가고/ 나무에서 떨어지는 법을 몰라 헤맸어". 어디서나 사랑(과 사랑이라는 이름의 함정들)에 관한 앎은 어머니로부터 딸에게 전수되기 마련이다. 그러나 생각보다 그 '다음' 이야기라는 것은 쉽지 않다. 그래서 세상의 딸들은 페르세포네처럼 멋모르고 석류를 받아먹기도 한다.

이 딸들의 이야기를 계속 추적하고 싶다면, 내친김에 「그녀들의 동굴」까지 함께 읽어본다면 어떨까. "눈 뜬 이성에 눈 감" 아야 했던 답답한 새벽들을 보낸 '나'의 방이 '나'에게 '동굴'과도 같았다면, 이제 신부가 되어 결혼사진 안에 박혀 있는 액자 속은 '나'의 또 다른 "사각유리동굴"이다. 한때는 역시 딸이었던 '엄마' 역시 그러한 동굴 속에 갇혀 있다. "평생 굶긴 지아비 하룻밤 굶긴들 탈나실까" 딸의 집에 왔다가도 바쁘게 길을 나서는 '엄마'가 결혼사진을 보고 넌지시 남기고 간 "어쩌겠냐 그때는 계집애가 말 나면 집안 망치는 것인디"라는 말은, '나'에게 건네는 말인 동시에 자신의 이야기이기도 한 것이다. 그것이 이 시의 제목이 '그녀들의 동굴'인 이유다. "엄마, 아직도 이 동굴이 끝나려면 멀었나 봐요." 그렇게 세상의 딸들은 페르세포네처럼 한순간에 사랑의 함정에 갇혀버리기도 하는 것이다.

김명이 시인의 시집에서 주목되는 것은 이러한 '딸들'의 이야기이다. 다시 신화 속으로 돌아가 보자. 데메테르는 제우스를 찾아가 페르세포네를 찾아달라고 강력하게 요청하기도 하고, 또 겨우 만난 페르세포네가 다시 지하세계로 돌아가야 한다는 사실에 다시 항의하여, 일 년 가운데 절반만 페르세포네가 지하세계에 머무르기로 한다는 타협안을 이끌어내기도 한다(그녀가 지하세계에 머무르는 동안 땅에는 겨울이 찾아온다는 것은 잘 알려진 이야기이다). 그러나 그 어디에도 페르세포네가 한 말에 대해서는 적혀 있지 않다. 할 말이 더 많았던 사람은 어쩌면 당사자인 페르세포네가 아니었을까. 그 자리에서 아무 말도 하지 못했다면 나중에 데메테르에게 보내는 긴 편지를 써서라도 그녀는 할 이야기가 있지 않았을까. 아니면 몸을 양피지 삼아 써낸 몇 편의 시로 그 편지를 대신했을까. "그녀들의 동굴" 속에서의 페르세포네적 시 쓰기, 그것이 김명이 시인의 시가 가질 수 있는 또 다른 이름일 것이다.

오래된 경험의 세계

앞서 「사과 이야기」라는 시를 통해 어머니에게서 딸에게로 전수되는 사랑의 지혜에 대해 이야기해보았다. 「또 다른 삼경」 역시 이러한 여성적 진리, 혹은 여성적 경험의 가치를 다시 조명하고 있는 시다. 과거 삼경三經이라 했던 경서들 위주의 학문은 남성들에 의해 주도되었고 여성들을 꾸준히 배제해온 진리의 체계다. 그에 반해 시인이 말하는 새로운 삼경은, 초경부터 숱한 월경을 거쳐 폐경에 이르기까지의 시간을 살아오는 동안 몸으로 체득하게 되는 여성적 지혜의 세계다.

다소 유머러스하게 "여인이야말로 당대 최고의 지성인이리라"라고 비약하며 마무리된 「또 다른 삼경」에 비해, 같은 의미가 보다 구체적인 표현을 얻고 있는 시가 바로 「오래된 경험」이다. 화분에 철쭉꽃이 피지 않는 것에 대해 "해를 거르는 일이야"라고 무심하게 던진 '엄마'의 말 속에서, 그리고 그럴 때는 잔가지를 잘라주라고 "가위를 쥐어주"고 가는 '엄마'에게서 '나'는 "오래된 경험"을 느낀다. "굵은 가지가 더 굵어지고/ 볕이 도로처럼 들 것"이라는 '나'의 깨달음은, 그만한 쓸쓸한 시간은 이따금 찾아오는 성숙의 시간이라는, 인생 일반에 대한 위로처럼도 들린다.

> 나는 잔가지 잘라
> 가장자리에 꽂아 놓습니다

　위와 같은 「오래된 경험」의 마지막 연은, 어머니로부터 배운 화분 건사하는 지혜를 실천하는 딸의 모습을 보여주는 것이기도 하지만, 굵은 가지로부터 잔가지로 이어져나가는 생의 연속성의 이미지이기도 하며, 또 가위로 잘라낸 가지가 꺾꽂이를 통해 새롭게 살아난다는 희망의 이미지이기도 하여 더욱 의미심장하다.

　이와 같은 여성적 계보의 인식은 「다듬이 소리」에서도 나타나고 있다. '엄마'가 쓰던 낡은 자개장을 태워버리던 날의 "불꽃 튀는 소리"와 "아스라이 사라진 '엄마'의 다듬이 소리"라는 두 개의 청각적 심상을 겹쳐 놓고 있다. 한편으로는 '엄마'의 물건이나 흔적이 사라져버렸다는 것, 다시 말해 어머니에서 딸로의 계보적 이행을 서글픈 것으로 받아들이고 있지만, 한편으로는 "멈추지 않고 나를 두들"기는 "방망이질"의 소리를 계속해서 되살려냄으로써 아직도 면면히 흐르고 있는 계보적 연속의 측면을 강조하고 있는 것이다.

　그런가 하면 「엄마의 성」은 또 어떤가.

> 맨 처음 내 몸 구석구석 어루만졌을 여자
> 끝없는 슬픔으로 베냇저고리에 감싸 입혔을 여자

그 여자 싫어서 도망치지만
어느 새 내 손에 익은 그 여자의
또 한 남자 못 떠나고 되돌아온 맛
— 「엄마의 성」 부분

딸을 처음 배냇저고리로 감싸면서 어머니가 "끝없는 슬픔"을 느끼는 것은 딸에게 찾아올 삶의 양면적 얼굴을 너무도 잘 알고 있기 때문이 아닐까. 딸에게 '사과 이야기'를 할 때 '엄마'가 망설이듯이(「사과 이야기」), 갓 태어난 '나'의 작은 몸을 어루만지면서 '여자'는 슬픔에 젖는다. 이러한 끈끈한 여성적 유대는 '맛'을 매개로 하여 심화된다. '나'는 '여자'의 삶의 방식에서 벗어나고자 하지만, 그럼에도 불구하고 그녀가 만든 음식의 맛이 "어느 새 내 손에 익"어 있음을 깨닫는 것이다.

이러한 김명이 시인의 시가 만일 여성의 삶을 하나의 고착된 이미지—절대화된 모성 이미지나 페르세포네와 같은 수동적 이미지—로만 표현하고 있다면 그것은 명백한 한계가 될 수 있다. 그러나 시인에게 이와 같은 여성적 공감은 그녀들이 이 세계를 대하는 데 있어 적용되는 여성적 (관계의)원리로 확장되고 있다. 이에 관해서는 이 글의 마지막 절에서 더 살펴보기로 한다.

그늘 아래서의 성장담

앞에서 여성적 계보에 관한 시들을 읽어보았다면, 이번에는 여성적 성장에 관한 시들을 모아 읽어볼 차례다. 먼저 「담벼락」이라는 시를 읽어보자. "줄줄이 꿰어진 계집아이"들의 삶 속으로 독자들은 초대된다. 제삿날이면 백일 된 아기를 등에 업고 종일 마당을 돌다가 땅거미가 내리는 저녁이 되어서야 겨우 풀려나곤 하는, 엄마가 거듭 출산을 할 때마다 "조마조마 쭈그러"진 채로 냇가에 꽃신을 떠내려 보내는 한 소녀의 모습을 본다. 그녀는 삶이라는 것이 담벼락 근처를 서성이는 일임을 자연히 알게 되었을 터다. 「모자의 그늘」에서도 비슷한 에피소드들이 변주되고 있다.

> 안네 프랑크를 읽고 눈물 흘리지 않자, 넌 독해
> 내 의지 상관없이 피가 떨어지는 곳
> 비극의 시절 만난 운명이라고 생각했어요
>
> 다섯 살 제제의 뒤를 따르며
> 내게도 자라는 슬픔
> 작아질 수 없다는 것을
> 이해는 누군가 마치 인심을 쓸 때만 가능하여
> 홀로 쓰다듬기로 했어요
>
> 한스가 물 위에 떠서
> 하늘의 꿈을 품었는지 의문이었지만
> 그날 벗어놓은 내 신발 떠내려간 것이
> 손뼉치고 좋아할 일인 것을
> 아버지의 목청이 커지고서 알았어요
>
> 통과의례의 피를 본 듯
> 테스가 쓴 챙이 모자 쓰지 않겠다고 했지만

누가 만들었는지 모를 거대한 힘 굴복하며
모자를 몇 개씩 고르고
질적으로 다른 안네 프랑크와 마주쳤어요

그런 거예요 그런 거예요
태생적 한계에 맞선다는 것
저기 단상의 빛나는 이름의 그늘들이
해 지기도 전에 늘어만 가는
캄캄한 골목의 아이와
여인이란 순결의 악재를 즐기고 있어요
— 「모자의 그늘」 전문

　이 시가 그리고 있는 것 역시 여성의 성장이다. 모종의 독서
담讀書談 위에, 「담벼락」에서와 같은 여성 성장담이 오버랩 된
다. 「안네의 일기」를 읽고 "내 의지 상관없이 피가 떨어지는
곳" 즉 제2차 세계대전 시기의 유대인 박해에 마주해야 했던
안네의 운명을 추체험하는 화자 '나'에게, 「담벼락」에서 "달이
차올라 붉은빛 이슬이 비쳤다"고 쓰던 초경 무렵의 소녀 이미
지가 겹쳐진다. 「나의 라임오렌지나무」를 읽고 누구에게도 이
해 받지 못하는 소년 제제를 보며 '나'는 "내게도 자라는 슬픔"
을 느끼며 그에게 공감하는 것이다. 또 「수레바퀴 아래서」를
읽으며 권위적인 아버지와의 갈등 끝에 물에 빠져 죽게 되는
한스가 "물 위에 떠서/ 하늘의 꿈을 품었는지 의문"을 지니는
독자인 '나'에게는, 「담벼락」 속에서 어머니의 아들 출산을 기
원하며 자신의 꽃신을 냇가에 흘려보내던 소녀의 이미지가 올
라앉는다. 결국 그러한 성장은 「테스」를 읽고 그녀와 같은 삶

을 살지 않고 여성적 운명에 저항하겠다고 맞섰지만 결국은 그 "모자의 그늘" 속으로 들어갈 수밖에 없다는 것을 깨닫는 것으로 귀결된다. 결국 '나'에게 성장이란 "태생적 한계에 맞선다는 것"의 고통스러운 의미를 깨닫는 과정에 다름 아니었던 것이다. 다만 그와 같은 "캄캄한 골목의 아이"의—「담벼락」 속에서 땅거미에게마저 따돌림 받던 아이의—고통이 자신만의 체험의 영역을 넘어서서 남성중심적 세계에 대한 일반적인 깨달음의 영역으로 확장된다는 데서 이 여성적 독서의 의미를 찾을 수 있다.

한편 우리는 위 두 편의 시들에서 엿보이는 '칠공주' 이야기, 「실험인간」이나 「외로운 숨바꼭질」 속 유독 외로웠던 유년시절 이야기, 「허수의 아버지」, 「늦가을—아버지처럼」 등에서의 아버지 이야기, 그리고 「푸른 쪽창」 속 "엎질러진 집안"의 기대에 부응하기 위해 "여상에 입학"하고 "상행선 막차에" 오르는 '나'의 이야기 등을 읽고 페르세포네 신화와는 또 다른 딸의 이야기를 연상하게 된다. 바로 우리나라의 바리공주 이야기다. 어느 왕이 딸만 내리 일곱을 낳게 된다. 화가 난 왕은 일곱 번째 딸인 바리가 태어나자마자 그녀를 옥함에 얹어 강물로 떠내려 보내고, 바리는 어느 평범한 노부부의 손에 자라난다. 후일 왕이 병이 들어 선계의 약수를 구해다 마셔야만 그 병이 낫는다는 이야기를 듣자, 바리는 홀로 먼 길을 떠난다. 위에 언급한 김명이 시인의 시 속 이야기들이 이 바리 이야기와 많이 닮아 있는 것이다. 우리나라의 딸들이라면 누구나 지니고 있다는 '바리 콤플렉스'가 은연중에 드러나 있다고 읽어볼 수 있겠다. 결국 "태생적 한계"에 맞서야 하는 안네 프랑크 혹은 바리의 삶, 그것이 바로 시인이 말하는 '딸들의 운명'일 터이다.

한국시의 맥락에서 바리공주 이야기는 거듭 재해석되어 왔다. 김혜순 시인에 의해, 생명을 구해내는 모성적 몸이 되는 바리의 이야기로 다시 읽히기도 했고, 또 김선우 시인에 의해 열정적 사랑의 여인인 바리의 이야기로 되풀이되기도 했던 것을 기억한다. 이와 같은 바리공주 이야기에 대한 또 다른 '다시쓰기'가 앞으로 김명이 시인의 시 세계를 통해 이루어지지 않을까 기대해본다.

세계를 보는 딸의 눈

이러한 페르세포네 혹은 바리의 이야기는, 자신만의 '담벼락' 이외에도 타인들의 삶의 '그늘'에 대한 공감의 시선을 통해 그 의미가 더욱 심화되고 있다. 자신이 겪은 '그늘'의 경험은 그녀 시의 화자들에게 있어 "홀로 쓰다듬"어 보는(「모자의 그늘」) 상처로만 남는 것이 아니라, 세계의 '그늘'들을 유심히 바라보는 시선의 깊이를 마련해주고 있는 것이다.

멸치나 그리마와 같이 작은 것들에 대한 세심한 관심이나(「멸치식물」, 「벌레들의 그림자」)이나, "25시 마트"의 "알바생" 부터(「칠월의 석양 그리고 유리의 새들」) 새벽까지 치킨을 배달하는 "스쿠터" 청년에 이르기까지(「변두리의 백야」) 잠들지 않는 도시 속 지친 이들의 피곤한 삶의 세목들에 대한 관찰이 더욱 의미 있어 보이는 것은 그러한 까닭에서이다.

> 당신, 기나긴 출장지 모텔에서
> 삐딱하게 꼬나문 담배 연기
> 나, 하늘을 찾으려

고시원 먹구름으로 거푸집을 짓는다

(중략)

그들 잠드는 소리 뒤척이다보면

그나마 감은 눈이 푸르다

— 「지붕의 재해석」 부분

   모텔과 고시원에서, 또 쪽방에서 잠을 청하는 이들이 밤새 뒤척이는 장면이다. 저마다 "기차에 놓고 내린 여행 가방" 같은 피로한 생들이다. 다닥다닥 붙은 '지붕'들은, 서로가 "잠드는 소리"까지 들려오는 바람에 잠을 이루지도 못하는 불면의 공간인 동시에, '나'가 '당신'의 모습을 보고 또 '그들'의 소리를 들음으로써 어렴풋한 공감의 가능성이 생겨나는 공간으로도 '재해석'될 수 있는 것이다.

   이와 같은 '딸의 눈으로 세상 보기'는, 앞에서 살펴본 딸과 어머니 사이의 모성적 유대와 공감을 모녀 관계의 바깥으로 확장해내는, 그리고 딸로서 겪어야 했던 슬픔을 통해 다른 삶들에 대한 연민을 길어 올리는 성숙한 시선이라 할 수 있다. 그것은 김명이 시인의 시가 앞으로 나아갈 방향—페르세포네의 발화發話에서 바리의 진화進化로—을 예시豫示해주고 있는 것이 아닐까 생각해본다.

김명이

김명이 시인은 전북 오수에서 태어났고, 한남대학교 사회문화대학원 문예창
작학과를 졸업(석사)했다. 2010년 『호서문학』과 『문학마을』로 등단했고, 시집
으로는 『엄마가 아팠다』가 있으며, 2015년 대전문화재단 및 한국문화예술위
원회에서 창작지원금을 받았다.
『모자의 그늘』은 김명이 시인의 두 번째 시집이며, 여성들의 사랑과 고통의 이
야기라고 할 수가 있다. 첫 시집 『엄마가 아팠다』가 이 세상의 모든 어머니들
을 위한 진혼가라면, 『모자의 그늘』은 이 세상의 모든 인간들의 영혼을 위로하
는 '바리공주 이야기'라고 할 수가 있다. 안네 프랑크, 다섯 살 제제, 물 위에 뜬
한스, 테스의 모자(『모자의 그늘』) 등이 이 함축하고 있는 의미는 뿌리뽑힌 자
의 삶이며, 그 영혼들을 위로하는 것이 시인의 사명이자 의무이기도 했던 것
이다. 딸과 어머니, 어머니와 아들, 아버지와 어머니의 중심축은 여성성이며,
대지의 여신인 데메테르는 그녀의 이상형이라고 할 수가 있다.

이메일 : bagajistar@hanmail.net

김명이 시집

모자의 그늘

발　　행　2016년 9월 30일
지 은 이　김명이
펴 낸 이　반송림
편집디자인　김지호
펴 낸 곳　도서출판 지혜
　　　　　　계간시전문지 애지
기획위원　반경환 이형권 황정산
주　　소　34624 대전광역시 동구 선화로 203-1 2층 도서출판 지혜 (삼성동)
전　　화　042-625-1140
팩　　스　042-627-1140
전자우편　ejisarang@hanmail.net
애지카페　cafe.daum.net/ejiliterature

ISBN : 979-11-5728-206-7 03810
값 9,000원

* 후원 : (재)대전문화재단, 한국문화예술위원회
* 이 사업은 (재)대전문화재단, 한국문화예술위원회에서 사업비 일부를 지원
　받았습니다.